KB165985

아름다운 기다림

아름다운

길림

권 희 표 시조집

초판 1쇄 찍은 날 | 2015년 11월 25일
초판 1쇄 펴낸 날 | 2015년 11월 27일

지은이 | 권희표
펴낸이 | 최봉석
디자인 | 정일기
펴낸곳 | 도서출판 해동
출판 등록 | 제05-01-0350호
주소 | 광주광역시 동구 문화전당로 23(남동)
전화 | (062)233-0803
팩스 | (062)225-6792
이메일 | h-d7410@hanmail.net

값 10,000원

ISBN 979-11-5573-043-0 03810

아름다운

기다림

권 희 표 시조집

도서출판 해동

봄이 오나 싶더니 여름 지나 가을이다
을미년 햇살이 품어 안은 풍년 들녘을
그윽이 바라다보는 농부의 심정이다.

소재를 나만의 보자기에 숙성시켜
잘 여물은 시편들로 세상에 내놓자고
끝까지 심사숙고하는 퇴고의 연속이다.

읽어가는 시편마다 사유하고 새기며
공감하는 마음으로 끝까지 읽혀지길
바라는 마음이기에 온 마음을 다한다.

　기도하는 자세로 살아 온 삶속 소소한 체험 풍정에서 느낀 지
혜, 의지, 희망을 시로 표현하자 했습니다. 하지만 설레고 두렵습
니다. 불편한 몸으로 살아오며 쓴 시라서 푸념처럼 느껴질까 싶
기 때문입니다.
　쉽게 읽히면서도 가볍지 않고, 난해하지 않으면서도 생각이 깊
어지는 시, 윗목에 밀쳐놓으려다 말고 끌어다 시집 끝까지 음미
하며 읽혀지는 시로 써보자 했습니다. 각오가 그러했을 뿐이지
좋은 글 한 편 써내는 것마저 버거웠습니다.

한 오라기 위안을 삼는 것은 중중 지체장애인 내가 직접 체험하며 얻어낸 시라는 것입니다. 그러기에 시 편마다 사유하고 퇴고를 거듭했습니다.

그렇지만 출간하기엔 어설픈 시편들로 머뭇거리고 있을 때입니다.

내 사랑하는 아내와 자식들이 위안을 주었고, 시조시인 최정웅 선생님께서 시평을 써 주시고 독려해주서 출간을 하게 되었습니다.

내가 두 다리를 버티고 살아갈 용기와 지혜, 도움의 손길을 내밀어 주신님들께 지면을 통해 감사한 마음을 전합니다.

돌실 한마음 서재에서...

차례

제2부 굴렁쇠 함께 굴리자요

차례

제3부 허허허 물이 웃어

제4부 매화

차례

제5부 닭서리

제1부

상 생

상생

도린 곁 뒷마당이 장애자 나만 같아
일구어 가꾸고 돌보기를 힘쓰니
눈 덮인
이른 봄부터
나를 보러 오더라.

복수초 보춘화 피나물 제비꽃
아내와 나란히 꽃 앞에 앉아보다
고난을
위안으로 살아온
아내 손을 살며시 잡는다.

아름다운 기다림

매화꽃은
설한풍을 보듬은 후 피어나고
열매는
잎들이 낮과 밤을 보듬어야
크는 건 자연의 조화요
순리요 기다림이다.

두더지
작은 지렁이 커질 때를 기다리고
해오라기
풀벌레 물속에 떨어뜨려
물고기
몰려들기를 뚫어지게 주시한다.

농심(農心)은
뿌린 씨앗 싹트고 맺은 열매
지성으로
돌보며 수확하는 그날까지
천의(天意)를
찬양하는 마음
아름다운 기다림이다.

담쟁이·1

임이라 임이라 사랑하는 임이라서
날마다 설레는 가슴에 홍당무 얼굴
풋사랑 가슴앓이로
한 땀 한 땀 오른다.

오르며 임의 몸에 장난질도 쳐보고
봄이면 풋향기 여름이면 갈맷빛
가을엔 붉게 물들어
정념을 불태운다.

세한에 고조 곤히 내리는 함박눈 속에
자오록이 드러내 보이어 안긴 자태
오늘도 임 품에 안기어
행복에 젖어든다.

담쟁이·2

깊은 산속 너덜겅에
한 줄로 한 발만큼

거우 뻗은 담쟁이덩굴
큰 바위를 품어 안았다.

담쟁인 여름 내내 뜨거웠던
바위를 생각한다.

뜨거워진 가슴에
그 여름을 잊을 수 없어

가을엔 담쟁이가
바위를 데우려든다.

이파리 붉어질 때까지
온 힘을 다해 사랑한다.

가람 터 탱자나무

가람 선생 생가 앞에 탱자나무* 한 그루
하고 많은 나무 중에 선생님 마음 헤아려
오늘도
승운정 옆에
흠모하며 서 있다.

살아생전 읊어주는 한줄 글 없었어도
피는 꽃 백의(白衣)향 가을엔 노랑향기
선생님
호방한 인품
한수 시로 읊는다.

*가람 이병기 선생님 생가 탱자나무. 전라북도 기념물 제112호.

한마음

어미 새
먹이 물고
한일자로 날아들고

새끼 새
목을 빼어내
날개깃을 펴 올리며
벌린 입
마음심 자가 된다.

그 정경 한마음이다.

날마다
부모 새는
무탈하게 커나라.

새끼 새
그렇게 하겠어요. 쨱 쨱 쨱.

둥지를
떠날 때까지
그 마음이 정겹다.

걷는 마음

봄 여름 가을 겨울 일 년 열두 달
철따라 걷는 마음 변함없는 한마음
얼마를 걷고 걸으면
자연스레 걸어갈까

내면의 인고로 빨갛게 익힌 열매
집념어린 가슴으로 다독이는 인내 속에
언제나 끌어 걷는 발걸음
사뿐사뿐 걸어갈까?

오늘도 한 발 한 발 오르는 오솔길
걸음 속 성찰로 마음을 다잡으며
담쟁이 계바라 오르듯
한 땀 한 땀 걸어 오른다.

희망

- 코리아타운

억척스런 투혼은 처절한 몸부림
세 시간 네 시간 잠속에서 얻어지는
미국의
코리아타운
32번가의 기적

씨앗을 싹틔우고 키워내는 그 열정은
잃지 않는 엷은 미소 서로간의 신뢰
조그만
그 사랑으로
일궈내고 있더라.

벼랑바위 소나무 심지(心志)

현실을 바로알고 말없이 적응해가는
벼랑바위 소나무 더 푸르러 올올하다.
한세상 살아야하기에 순응하여 초월한다.

오는 비, 안개를 귀히 여겨 아껴 살며
굽은 가지 짧은 잎 촘촘하게 멋 내는 건
작아야 살아나는 걸 수행하는 중이다.

작은 삶이 큰 삶이요 산다는 건 즐거움
긍정적인 사고로 소망을 이루어내
솔방울 가지가지마다 바람따라 흔들린다.

강가에 서성일 때

장애자의 비애로 찾아 온 강가에
강기슭 강물 속에 발을 담근 갈대가
일었다
스러져가는
물결을 보라한다.

말없이 뒤따라온 자식들의 환영이
물결위에 촉촉이 젖은 눈빛으로
바라본
눈망울 속에
희망을 보고 만다.

무수한 사연들을 품고서 흘러가는
강물의 속마음은 바다로 가는 것
아빠야
당신은 아버지야
갈대가 속삭인다.

열린 숲길

오늘은
또 무엇이
즐겁게 하여줄까?
설레는 마음으로 산행을 떠난다.

오솔길
걸어 오르며 발끝에 눈을 단다.

숲길 가
언저리에
별처럼 핀 산자고
제비꽃 각시붓꽃 현호색을 만나고

노루귀
보시시 눈웃음을 맛보며 걸어간다.

왜 그리
성큼성큼
가시나요? 나 좀 보오.
난쟁이 구슬붕이 나를 보고 웃고 있고

몸 뒤튼 타래난초엔
흰나비손님 와있다.

돌탑

산등성이
등마루를
한발 한발 내딛어
십여 리 만남의 광장에 당도하니
심혼(心魂)을
다 쏟아 쌓은
돌탑이 보인다.

바위위에
돌덩이
몸뚱이로 앉혀두고
한 덩이 돌로 머리하고 양 어깨에
돌멩이
얼기설기 올린 손
머리를 감싸 안았다.

돌덩이도
인연이면
생각을 품게 하고
마음을 주면 감동을 자아내는가.
탑 위에
다람쥐 앉아
세안하고 기원한다.

기러기 가족

줄지어
날아온 기러기 가족
텅 빈 들논 그루터기
한 이랑에 한 마리씩 차지하곤
자기 골 뒤뚱거리며
낟알 찾아 곧장 간다.

맨 처음
앉았던 고개 쳐든 기러기
바로서서 주위를 살피고 망보며
벼 낟알 순간순간 훑으며
가족을 뒤따른다.

옆 고랑
엿봄도 먹일 뺏는 다툼 없이
자기 고랑 낟알 찾아 옆줄을 맞춰간다.
수만리 날아온 저 질서
그림처럼 아름답다.

기울어 사는 소나무

눈 오던 날 태풍에 기울어진 소나무에
받침목 하나를 살며시 받혀준다.
그 후로 온갖 역경을
이겨내는 소나무

해를 거듭 솔잎 새에 새움을 돋아내고
가지들은 수양버들처럼 휘어져 내린다.
길손들 참 잘 생겼다 하는 말에
저 소나무 무어라 할까?

내 온몸 어디 한군데 성한 곳이 없기에
평심을 유지하고 건강을 돌보고자
오늘도 감사한 마음으로
산길을 오른다.

가끔 동행들이 많이 좋아졌네요?
말없이 웃어주거나 고맙다 했습니다.
한 번도 내 아내 덕입니다.
그래보지 못했습니다.

삭정이

죽지 않고 살자하면, 한생을 살려하면
수족을 도려내는 아픔을 겪어내야 한다.
제 몫을
다 못한 가지에
수액을 줄여간다.

가지는 모체를 살린다는 염원으로
절체절명에도 즐거이 하늘을 볼 수 있다.
모태가
번성하길 바라며
수액 차단을 용인한다.

비 오는 날 뚝 땅으로 떨어진 삭정이
잎사귀를 적신 빗물이 어미 마음으로 다독인다.
삭정인
거름으로 녹아들어
거듭나 보겠다한다.

제2부

굴렁쇠 함께 굴리자요

굴렁쇠 함께 굴리자요

우리맹세 백년언약 동그라미 굴렁쇠
모서리 다독이고 닮은 꼴 찾아내며
평생을 한마음으로 알콩달콩 굴리자요.

화가 나면 열을 세며 요를 붙여 말을 하고
네가 되어 생각하며 하루 밤을 또 한밤을
굴렁쇠 굴려보자요. 포용하여 굴리자요.

배려하고 근검절약 신뢰하고 주는 행동
건강하고 화목하게 함께 살자 노력하자요.
언제나 고마운 마음으로 굴렁쇠 굴리자요.

*막내아들 대주 폐백 덕담 봉투

애들 생각

"오늘 점심 무얼 먹고 싶어요" 하길래
그냥 하는 소리로 "수제비" 하는데
빙그레
웃으며 일어서더니
콧노래를 부른다.

멸치 몇 마리로 육수를 만들어
감자 호박 청양고추 적당량 썰어 넣고
밀가루
물로 반죽하여
뚝뚝 떼어 넣는다.

애들이랑 살적에 한여름 저녁이면
쑤어먹던 수제비 생각이 나 물었는데
당신도
애들 생각이
났느냐고 묻는다.

입덧 사랑

아내 첫애 입덧에 먹지 못한 감자로
삼십년이 넘도록 우려내는 서운함
야속한 남편이라 볶아대면
"그땐 몰랐어. 미안해."

애들이 애가지면 잘해주랴 다짐 터니
며늘아기 서울에서 입덧이니 말뿐이다.
전화로 아들한테만
잘해줘라 당부한다.

뒤따라 지척에 입덧이 난 고명딸은
먹고 싶은 입덧 음식 전화로 쫑알쫑알
뽀르르 달려와서는
아양 떨어 먹고 간다.

시집이라 어려워 딸처럼 말 못하고
서울이라 멀다보니 못해 먹인 며늘아기
가엽고 안타까우면
나한테만 타령이다.

비빔밥 · 1

- 어울림

풍성한 나물류에
따끈한 밥알들이
섞이어 새롭게 창조되는 큰사랑
비빔은
우리민족의 자랑이고 얼이다.

맞잡은 동서남북
어우러진 강강술래
신나게 비벼보자 땀 뻘뻘 웃음 함빡
우리가
하나 되는 것 희망이고 바람이다.

비빔밥·2

- 어머니

무밥에
무생채, 고추장, 참기름 넣어
양손에 수저로
한 양판 비빈 비빔밥
어울러
동치미 국물에 그리움이 묻어나고

어릴 적
안방에 둘러앉은 그리움이
비빔밥에 떠올라
울컥 보고 싶은 얼굴
어머니
따스한 눈길 가슴 속에 맴돈다.

뻔한 그 말

소담스런 송편에서 모락모락 김이 난다.
심신이 피곤하여 견디기 어려울 때면
아내는 음식을 만들어
타령을 끌어간다.

오늘은 추석맞이 떡 방앗간 일을 마친 후
손수 빚은 송편을 내 놓으며 묻는다.
여보오 "맛이 어때요"
"솔직하게 말해도 돼." "웅."

"정말로"
"정말로 서운해 안하기다"
촉촉해진 눈빛으로 가까이 다가 온
아내는 뻔한 그 말을 위로로 들자한다.

노부부의 사랑

긴박한 지아비의 가늘 한 건강을
부부의 금실로 겨우겨우 이어오다
찾아온 지어미 갑상선암
입원을 하고 만다.

언제까지 지켜 주리 믿어왔던 아내가
고려장에 버려진 허망을 보고 만다.
다시금 마주보지 못할 듯
목울음에 잠긴다.

지어미는 떠밀리듯 수술실에 들어가고
지아비는 지어미 옆 병동에 입원한다.
지어미 회복실에 들고
지아비는 기저귀를.

지아비 안부가 궁금하여 묻고 또 묻고
지어미가 보고 싶어 타령을 하더니만
노부부 안방에서 다시금
들숨날숨 함께한다.

만류에도 지어미는 돌보기를 갈망하고
지아비는 지어미가 옆에 있어 좋다한다.
오롯한 며칠간의 사랑
노부부는 행복하다.

안부

생각이 날 때마다 실행하면 좋으련만
게으른 마음에 미루어 지나보면
언제나 아쉬움이 남아
후회를 하곤 한다.

오늘은 오랜만에 안부전화 올렸더니
밝고 환한 친정어머니 목소리를 듣는다.
덩달아 내 가슴에도
울컥하니 훈훈하다.

은근히 애들이 보고 싶던 차에
며늘아기 손녀 앞세워 전화를 해왔다.
"할머니 보고 싶어요."
"오냐오냐 할미도"

왜 이리 즐거울까 곰곰이 생각하니
올리고 받았던 전화 한 통화씩이다.
손녀의 고운 미소가
살며시 와 감는다.

뻐꾸기 시계

제대할 때 아들 따라온 뻐꾸기가 웁니다.
앞산에 뻐꾸기 나와서 울고요
뒷산에 뻐꾸기는요 소리만 들립니다.

봄여름 가을겨울, 일 년 열두 달
삼백육십오일 매일매일 매 시간마다
언제나 뻐꾹뻐꾹 울어 소식을 전해옵니다.

서울 사는 아들집 살아가는 소식을
시간마다 시간 맞춰 꼭꼭 전해오더니
요즘은 시도 때도 없이 멋대로 웁니다.

의젓하게 자라난 귀여운 손녀가
자주자주 전화로 소식을 전해오니
심심한 뻐꾸기시계 시간일랑 모른 채 합니다.

기다림

시골집 돌담에 능소화 피어올라
어머니 담 밑에 섬돌 딛고 내다보듯
기웃이
피운 꽃으로
골목길을 바라봅니다.

골목길 돌담아래 키가 큰 맨드라미
그 아래 난쟁이 채송화 뻗어내어
어머니
마음 헤아려
자꾸자꾸 피웁니다.

오늘도 어머니는 사립문에 기대어선
쭉 뻗은 골목길을 하염없이 바라보다
말없이
들어와서는
사진첩을 들춥니다.

삐걱댄다

자식들이 많다보니 손자가 여럿이여
고놈들 다 모이면 어쩐 줄 아냐고
처음엔 눈망울만 굴리다
폭죽처럼 튄다니까.

미닫이문 밀다가 쿵더쿵 넘어지고
여닫이문 벼락 치듯 몇 번을 여닫치면
고요가 순식간에 사라지고
문짝들이 삐걱대지.

"야! 요놈들아 정신 사납다 조용히 혀*"
"관두소야, 까치발로 마음 졸인 아파트 생활.
원대로 놀다가라고.
"이 좋은 날이, 또 오겠소."

* 조용히 해

걷는 행복

마누라여,
발가락에
뿔 달렸나 하지마소

양말에
구멍은
나다니는 흔적인 걸

방안에 누워만 있노라면
구멍인들 어찌 나겠소.

나의 매니저

종종대며
농사일 자식들 뒷바라지

마누라만
사랑하며 살아 온 나날들

그러한
내게도 매니저가
미소짓는 나의 반려자.

소복이 쌓인 미소

늙은 호박 막 피어난 양귀비 미소(微笑)얹어
탱글탱글 반질반질 반짝반짝 빛이 난다.
늙어도
싱싱한 모양새
온 방안이 환하다.

한겨울 보내고서 봄이 되어 바라보니
모양새는 그대로나 늙어짐이 보인다.
먼지가
쌓인 호박에
어머니가 보인다.

어머니 가신지가 삼십년을 넘다보니
살아생전 모습이 달무리 속 달 같으나
소복이
쌓인 미소는
변함이 없구나.

내 아버지는 참 농부였다

아버지는 백세에도 마당을 일구어
메주콩을 심으셨다. 정성들여 가꾼 콩에
피워낸 콩 꽃을 보며 살포시 짓는 웃음.

이 콩으로 쑨 메주를 볼지는 모른다며
엉덩이를 끌어가며 콩대를 두드리니
꼬투리 속에 콩들이 툭툭 튀어 나온다.

수확한 콩 자루를 거머쥔 손에는
삭정이 껍질 무늬 한생이 보이고
의지의 눈망울 속엔 어머니가 보인다.

회한의 눈물

오늘도 감은 눈에 다가와 미소 짓는 네 어머니
살아 적 못해준 생각에
회한의
뜨거운 눈물을
흘리고 말았구나.

아들아! 올 시한엔 이승을 뜨려나.
어젯밤 꿈에서도 네 어머니 와서는
살포시
웃음 지으며
손짓을 하더라.

내 아들로 태어나서 애 많이 썼다와.
네 어머니 간지도 어느새 십육 년이
아버진
백세를 사는 동안
네가 있어 좋았단다.

제3부

허허허 물이 웃어

산안개

산안개 솔잎사이 빛내림* 섬광으로
내리쏟는 보라색 은회색 그림자 햇살
살아서 솔숲 사이를 회오리쳐 달려간다.

그 기회 놓칠세라 내리 쏟는 햇살에
산안개 깜짝할 새 휘감아 구름 되는
그 짧은 순간 포착으로 승천을 꿈꾼다.

내리쏘며 산안개를 회오리쳐 끌어올린
경이로운 햇살에, 산안개에 감응하여
나도 오, 하늘로 오르는 환상에 젖는다.

* 빛내림 : 산안개가 빠르게 흘러가는 도중 열어진 사이로 숲속에 내리 비치는 햇살.

뿌리새 · 1

수시로 오르는 숲길 바위위에
고사목 뿌리새 되어 올올히* 앉아있다.
언제든 날아오를 듯 푸드덕 날갯짓이다.

새가 되기를 몇 만 번을 빌었을까?
잎이며 둥치를 흙으로 다 돌려주고
뿌리는 새가 되었다, 뿌리새가 되었다.

울지 못하고 날지 못한 무생(無生)의 생이라도
먹장구름 흘레바람에 얼마나 공들였으면,
세상을 빠끔히 볼 수 있게 염원을 이루었을까?

산행인은 어찌하여 뿌리새를 뽑아들어
바위위에 앉혀둘 생각을 하였을까?
모두가 인연인거지, 스치고 보는 것이.

* 올올(兀兀)하다
 · 꼼짝도 하지않고 마음을 한 곳에 집중하여 똑바로 앉아 있는 상태이다.
 · 산이나 바위 따위가 우뚝우뚝 솟아 있는 상태이다.

뿌리새 · 2

올올(兀兀)이 앉아 생각하는 뿌리새
눈보라 휘몰아도 올곧은 자세로
피안의 세계를 바라보는
멈춤 없는 그 시선

등산객의 손날개로 참나무에서 보내다
이 바위 저 바위에 날아 앉아 기웃대며
마음을 비워 보던 하늘로
푸드덕 올랐을까?

혹여나 가랑잎에 둥지를 틀고 앉아
엉큼하게 알 품는 흉내 내고 있는지
아무리 찾아보아도
흔적조차 없고나

그곳에선 바라던 날아나는 새가 되어
고운노래 부르며 튼실하게 날아 보라
오롯한 사랑의 눈길로
온 누리를 노래하라.

태동(胎動)

가을의 고운단풍
허허롭게 벗은 산야
나목의 가지마다 삭풍 속 봄의 씨앗
겨울은
봄을 잉태하는 내밀한 속울음

고조곤히
온 천지에 내려앉은 함박눈
휘인 가지
눈꽃에서 회춘을 자아내고
온 세상
은빛 천지에 봄을 심는 동장군

매서운
바람 속 흔들리는 가지마다
꽃망울 키워내는 꿈꾸는 타령이다
눈 위에
아른거리며 오고 있는 봄 나비.

세월

큰물은 바윗돌에 쏴아 철썩 소리 내고
구르는 물돌들 반들반들 윤이 난다.
강물엔 만사가 다 빛이 난다.
포용하고 아량 넓고

가뭄 물 바윗돌을 힘들어 돌아 나오고
몽돌들 '용문산에 안개 두르듯 하다'*
느린 물 냄새가 난다
강물에도 바닥에도

헛말을 자주하고 같은 말을 또 한다
"아들아 또다시 말실수를 하였구나."
"훗날도 엄니 알았어요.
이래주면 좋겠구나."

* 용문산 안개 두르듯 : 속담
- 남루한 옷을 지저분하게 치렁치렁 걸친 모양을 비유적으로 이르는 말

설경(雪景)

눈 쌓인 숲속을 가만가만 찾아드니
솔바람에 가지 위 눈 가루눈으로 날리어
얼굴에 싸아니 와 닿는
감미로운 차가움

사시절 푸른 잎새 휘어 뻗은 춘란
기다려온 눈발일까 싱싱함이 넘쳐난다.
그 기상 찬미하고파라
하얀 눈 속 저 푸른 빛

뒤돌아 나를 보는 한 마리 산토끼
기다란 귀 곧추세워 눈길을 앞서 간다
숫눈길 토끼발자국
눈꽃 속에 춤추는 박새.

질경이

길 위에서 밟히며 살아가는 날 보고
연신 허를 끌끌 차며 가고 있는 당신도
나만큼 고단해 보이네요.
절며 가는 뒷모습이.

밟고 가는 발자국도 눌러가는 바퀴도
나의 뿌리를 드러내진 못하지요
뭉개고 짓이기어도
시련만큼 강해지지요.

구멍 뚫린 이파리로 피워낸 꽃들에
벌들이 날아 앉아 맴돌며 하는 말이
참 좋은 세상이래요.
다시없는 한 생이래요.

바람이 부는 대로 흔들리고 부대끼며
이 모습 이대로 가만히 살고 싶어요.
오늘을 살아가는 이 순간
소중하게 살래요.

봄동산

노랑등불 바람결에 흔들리는 산수유
산동네 어귀마다 휘어 노는 개나리
유채꽃 금빛파도에 바람이 난 봄 여인

온 들녘에 복숭아꽃, 살구꽃, 자두꽃……,
꽃길로 이어지고 산야에 벚꽃, 진달래
눈 들어 둘러만 보아도 꽃들 속에 서 있다.

봄 동산에 뭇 사람이 봄꽃 속에 노닐며
눈짓으로 입담으로 전하는 찬사에
꽃들도 자진모리장단으로 살포시 춤을 춘다.

허허허 물이 웃어

석곡둔치 대황강 한가운데 가로 놓인
두 섬 사이 주위로 동그라미 그려대어
하회탈 이매처럼 웃는
물결이 보이네.

물결로 웃어 대네, 늘 새로이 웃어 내네.
세상사 다 가진 양 배통아리 드러내어
핫하하 뒤집어대며
한량없이 웃어 내네.

해와 달, 별 이랑 구름을 끌어안고
산천초목 하늘까지 모두모두 끌어안고
물결로 춤추고 노래하고
웃고 사는 줄 알았네.

봄 산에서

고사리를 꺾어가다 고비를 꺾어들고
숲속을 헤치며 가는 중에 앵초꽃이
불현듯
눈에 띄어서
고개 숙여 들여다본다.

산허리를 가로지른 희미한 숲길 가에
으아리가 철쭉위로 쭉쭉 뻗어 피어나고
길 따라
다문다문 피어난
각시붓꽃이 나를 맞는다.

깊은 산속 묘소에 피어 앉은 제비꽃
배시시 웃으며 수작을 걸어온다.
쉴 참에
세상살이 몇 마디
나눠주면 좋겠단다.

삶

홍수 져 흐르는 대황강 붉덩물이
강가에 버드나무 강 가운데로 내 몰았다.
물위로 겨우 내민 버드나무 우듬지

그 우듬지에 가까스로 올라선 백로 한 마리
연거푸 날갯짓으로 평형을 유지한 채
두 눈은 흘러내리는 붉덩물을 주시한다.

쏘아보던 백로가 급물살을 세차게
거슬러 오르는 물고기를 향하여
강물에 뛰듯 훌쩍 날아 머리를 내리꽂는다.

기러기 물을 차고 쳐대어 날아오르듯
날갯죽지로 거센 물살을 박차고 날아올라
물고기 한 마리를 물고서 유유히 날아간다.

현실의 삶을 위해 최선을 다한 후
강물위에 드리운 그림자를 거느리고
자연을 찬미하며 나는 하얀 날갯짓이 아름답다.

인고(忍苦)

우리 집 뒤란에
장수매 한그루
한겨울 소한(小寒)추위
영하의 혹한 한파 폭설에

피멍울 꽃을 피운다.
피멍울 울어 흘린 눈물

방울져 내린 아래
엄지손가락만큼 커 오른 상사화가
얼음 속에서
쳐다보고 있더라.

대한(大寒)을 보내면 봄이라고
악물어 울먹이더라.

사랑

바다는
바위보고

억천만겁

쏴아 철썩

사랑해
사랑해
사랑한다. 사랑한다고.

바위는
몽돌이 되고서야

차르르
사랑해.

고라니

- 밤비 내리는 고속도로에서

애잔히
바라보던
그 눈빛 눈망울이
내 가슴을 쥐어짠다.

어쩌자고
너와 내가……

간절히
나무아미타불

되뇌고
또 되뇐다.

내 밀던 울음

- 걷기 운동

무력해진 다리에다
허리는 경직되고

어깨마저 아파오니
넘어질까 두렵다.

오늘도
산을 다녀온 다리가
다독여주라 징징댄다.

제**4**부

매 화

매화·1

- 고하다

겨울 내내 추위하고 살아온 꽃봉오리
벙긋이 속내를 내보이며 꽃을 피우니
심술이 잔뜩 난 꽃샘바람 앙칼지게 시샘한다.

조석으로 영하에다 꽃샘추위 속에서도
백매화 홍매화로 눈 속도 마다않아
예부터 사군자 중에서도 으뜸이라 하였더라.

봄을 맞아 피어나서 사람들께 일러라
추위보니 따뜻함이 소중한줄 알겠고
매화 향 분분히 날리어 새봄을 알리더라고.

매화 · 2

- 향기

갓난아이 주먹손이 새봄을 머금어
조금씩 속살을 내비치기 시작해
아기 손 다섯 잎으로 자랑스레 피었구나.

엄마는 젖을 내어 아가에게 물리고
갓난아이 입을 모아 엄마젖을 빠는 중에
그윽이 바라보는 엄마, 눈길 사랑 가득하다.

봄 햇살 가득한 창가에 핀 매화꽃
살짝 열린 창문 틈새로 풍겨오는 매화 향기
갓난애 엄마 젖 냄새로 가슴 뭉클 안겨오더라.

매화·3

- 교감(交感)

봄꿈을 꾸면서 인고하는 생명들아
설한풍이 춥다고 맵다고만 하지마라
오로지 너희를 위해 봄을 끌어 오느니라.

나 매화 매화 향을 즐기는 아가씨께
수작을 걸고 싶은 설레는 마음으로
파르르 몸을 떨면서 아가씨를 바라본다.

옛말을 주고받은 황혼의 노부부.
사랑을 고백하고 입술을 포개는…….
내라서 다 알까 만은 꽃그늘 아래 선남선녀야.

매화·4

- 꽃잎이 진다

근본은 씨방이며 암술과 수술이지만
예쁜 꽃잎 곱게 펴 벌들을 불러온다.
하지만 누구도 꽃잎보고 삐기라 않는다.

백매화 홍매화 꽃잎보고 부른 이름
휘날리는 꽃잎 보며 풍요를 바래본다.
세상을 움직이는 건 바로 너 꽃잎이래서

낙화하는 꽃잎이라 섧다 하지 말거라
꽃잎아 네가 져야 새 생명이 커나는 것
내 열매 보지 못함은 자연의 섭리란다.

꽃창포

오랜만에 확 트인 강가에 나오니
우듬지에 햇살 앉혀 피어난 꽃창포
훨훨훨
나비 노닐 듯
바람결에 나붓댄다.

꿀벌이 꽃창포 꽃 동굴로 찾아 드는데
고 꽃이 사르르 움직여 반기는 겨
살며시
동굴 덮은 꽃잎이
살살살 움직여.

또 조금 있으니 커다란 호박벌이
밀월을 즐기듯 동굴 속을 드는데
새색시
얼굴을 붉히며
빙그레 웃는 거여.

오매오매 곤충도 아니고 꽃이다
들썩들썩 오르가즘을 느끼고 있다니
참으로
요상도 하다
세상에 이런 일이.

은행잎

은행잎 한 잎으로 노랗게 보이는 건
헤아리기 어려운 수천수만이 모여 보인 것
얼룩진 나의 한생도 은행잎 한 모둠이리.

다가가 바라보니 한 잎 한 잎 잎사귀
잎마다 나불나불 내 눈에 들려하나
그 속에 끌려 보이는 한 점을 응시한다.

연초록 초록빛 갈맷빛 한평생을
해맑은 미소로 노란빛 품어 안고
살포시 나비 날 듯 한 내 삶도 그럴 거다.

메꽃

- 운명

이른 아침 산책길에 메꽃이 반깁니다.
가던 길 멈춰 서서 더없는 눈길 주고선
농원에 핀 메꽃 보면 잡초라 합니다.

두 마음에 나를 어떻게 다스릴까?
꼼꼼히 생각하면 혼란스러워 집니다.
메꽃이 살아가려 애쓰듯 내 농원을 가꿉니다.

산책길은 내 영혼을 열어가는 길이라서
농원에선 내 일용할 생활의 터전이라서
한 종의 메꽃을 놓고 두 마음이 됩니다.

옻꽃

살짝 데친 옻나무 순 쌈장 얹어 불고기 쌈
반주로 소주 한잔 들고서 잠들었는데

새벽녘 비몽사몽간에

아!
그곳이
화끈화끈.

별일이네. 생각이 나는 것도 아님시롱
팬티를 살며시 들추어 훔쳐보니

벌겋게 커진 것이 취해서

어쩔 줄을
모르더라니!

구절초 사랑

소나무
다문다문 어우러진 숲 속에

새하얀 천지가
샤방샤방 눈에 와 닿는

옥정호
구절초 공원에
굽이굽이 핀 구절초

발그레하니
피어난 꽃 위로 나비 날듯

아른아른
고운 얼굴 내 어머니 보입니다.

하 많은
구절초 위로
내 어머니 보입니다.

타래난초와 흰나비

양지바른 산비탈에
몸뚱이 꼰 타래난초
흰나비
꽃마다 맞모금으로 앉아 오른다.
흰나비
사랑에 취해
꽃마다 뽀뽀다.

타래난초와 흰나비
전생에 사랑이
얼마만큼 얼마나
절절이 사랑했음
못 잊어
현세에서도
그리 사랑 하는가?

* 몇 해를 우연인지 몰라도 산비탈 양지바른 곳에 피어난 타래난초 꽃에는, 벌도 등에
도 그리고 박각시도 아닌 나비만 볼 수 있었습니다. 나비 종류에서도 흰나비만 볼 수
있었고, 날아 와 선택한 꽃에서 한참동안 꿀을 빨고선 살짝 돌며 위로 올라 다음 꽃
에서 또 그러기를 반복합니다. 꽃마다 꿀을 빨다기보다 즐기는 것처럼 느꼈습니다.

월계리 고염나무

나간터에 살던 주 씨가 심었다는 고염나무*
사백 년 껍데기 편(片)마다 만고풍상
그 얼이 반가사유상 부처님을 닮았다.

조선이 문을 닫고 대한민국 열리는
변화 물결 삭이고 겪어내든 오장육부
그 한이 녹아내리어 거죽만이 서 있다.

달봉산 자락 월계리를 바라보는 고염나무
두 아름 이십여 미터 큰 키로 떨친 위용
오늘도 흐트러짐 없이 품위를 지킨다.

* 마을앞에 있는 전변(田邊)에 약 400년 된 고염나무 한그루가 있는데, 지금도 수세가 왕
성할 뿐 아니라 그 뿌리에서 나온 나무는 고염이 아닌 보통시(普通枾)가 결실됨으로
희귀한 나무라고 관리하고 있음.
마을 입구에 큰 바위가 있는데 그 밑에 굴이 있어 약 10m까지는 사람이 들어갈 수
있으나 그 이상은 굴이 작아서 출입할 수 없고 이 굴에서 연기를 피우면 통명산(通明
山)에서 나온다고 전해오고 있다.
- 석곡면사무소에서 발간한 마을 유래지에서 발췌

모과차

- 시쓰기

밤하늘에 별들이 달과 함께 놀던 밤
울퉁불퉁 노오란 모과와 마주한다.
모과 향 내 폐 깊숙이 스며와 멈춘다.

절리기 전 그 향에 맛을 보고 퇴! 퇴! 퇴!
어디라고 당장에, 푹푹푹 삭혀야지,
숙성이 되지 않고 선 씨알도 안 먹힌다.

잘 삭혀 더운물로 또다시 데워내선
두 손으로 안아 쥐고 눈 코 입을 읊조린다.
그제야 머금은 모과차 참다운 향 허락한다.

향수

고향의
까치가
고향 소식 물어 왔다.

은어 소식
참새 소식
욕쟁이 영감네도.

옛날이
되어버린 이야기들
꿈에서만 사는 고향.

제5부

닭서리

닭서리·1

- 약속

야! 멋지게 우리답게 종을 치는 거야
한동네 께복쟁이* 알개들 성인식에
자기네 닭서리하자고
의기투합 담합한다.

남의 집 민폐는 어제까지 끝이고
오늘은 부모님 맘 아프게 마지막 밤
그것을 초저녁에 해내자 한다.
부모형제 도란댈 적에

효자는 못되어도 불효자는 말아야지
지켜내자 박수치고 손잡고 맹세한다.
얼떨결 약속들은 하였지만
의지만은 충천했다.

* 벌거숭이의 전라도 방언

닭서리 · 2
- 손발이 맞아야

병순이 원맨쇼로 온 식솔을 웃겨가나
방문 앞 토방에 놓여있는 닭장이라
친구들 어느 누구도
감당하지 못하더라.

아들 병순이 잽싸게 서리하여 나오는데
앞선 친구들 함석대문 부딪는 소리에
아버지 벼락 치듯이
뒤쫓아 나온다.

측간 옆 두엄자리에 엎드리어 숨어들고
건성으로 확인하고 고샅으로 내쫓을 때
아들은 담장을 넘고
뒷집 울타리를 넘는다.

"누구요" "나요" "누구요" "나단 말이요."
길가 외딴집 방문이 열릴 찰라
방문을 서리 닭으로
꽝! "아이코머니!"

닭서리 · 3

- 다 아는 짓이요

스무 살 아들이 느닷없이 떠는 아양을
의아해진 어머니 말똥말똥 보는 중에
혼자서 무에 그리 좋은지
말꼬리를 이어간다.

웅숭깊은 어머니 벙시레 웃는 속에
아들 영환은 연이어 방문을 여닫다.
갑자기 생각난다는 듯
횅하니 집을 나선다.

어머니 등불 들고 고샅을 살피는데
다급히 뛰어가고 성난 황소 쫓아온다.
"이봐요, 뭔 일이라요*"
"우리 닭을" "다 아는 짓이요."

식식대며 쫓아가는 아들친구 형 양일이
아들들 집닭들이 수난을 당하는구나.
어머닌 마음이 놓이면서도
시름 잠을 청한다.

*무슨 일이요.

닭서리 · 4

- 자신감

도사 형 엎드리어 고금소총* 삼매인데
오늘밤에 광선이 집닭으로 서리를
그것도 이른 초저녁
형 몰래 해내야 한다.

집 나설 때 서리하여 나왔으면 쉬웠을 걸
떼거지로 들어가 동정을 살피다가
형한테 도망치느라
헐레벌떡 혼쭐이 난다.

쫓기는 와중에도 서리 닭을 꽉 붙들고
다부지게 따돌리며 원 없이 달려본다.
닭서리 맹탕인 광선이
옹골지게 해낸다.

* 고금소총(古今笑叢) : 19세기경에, 민간에 전래하는 문헌 음담. 소화를 집대성한 설화
집. 강희맹의 《촌담해이》, 송세림의 《어면순》, 성여학의 《속어면순》 따위를 모아 엮
은 책. 편자와 정확한 편찬 연대는 알 수 없다.

닭서리 · 5

- 오리발

재현아!
어찌 씨 장닭*이 안 보인다, 찾아봐라.

어머니는 앞마당 뒷마당 고샅에서
구구우 구구구 부르며 사방을 두리번두리번

아들은 바람난 수탉을 찾겠다고
토담을 타고 넘어 앞집 뒷마당에서
구구우 자꾸만 불러대며 주위를 어슬렁어슬렁

정말로, 나오라고 푹 꺼진 배를 쓸어내리며
뱃속에 수탉을 자꾸만 불러댄다.
얼마를
그렇게 찾아다니다, 어쩌지요? 어머니!

* 씨 장닭 : 암탉 몇 마리 속에 놓아기른 수탉 한 마리

그리움

산위에 올라가 구름타고 바람 따라
소꿉놀이 하며 놀던 내 고향 하늘 아래
단숨에 날아갈거나
나랑 순희랑 놀던 곳

언제나 다시 한 번 꿈속처럼 살아질까
꿈속에선 나 어리고 변함없던 그 골목길
오늘도 눈감으면 가있는 곳
그곳에서 살아 볼까나.

방석이

이랑을 타고 가며 부추를 수확할 적
그때마다 엉덩이에 동그란 방석이
따개비 기둥서방처럼 꽉 붙어 따라다닌다.

방석이놈 밭엘 가면 눈매부터 달라지다
야들야들 엉덩이를 받히며 어루만지지
앙큼타 하지마소야, 엉덩이 맡긴 것뿐.

방석이 아니어봐, 농부 병 때문에
ㄱ자로 끙끙대며 살아가면 어쩌겠소
그러니 눈 딱 감으시오. 보았어도 못 본 듯.

뭐라고요, 그래도 마음이 안 놓인다고요.

참말로 졸장부 소리하고 있소 그래
방석이라고 할 말이 없겠소*. 회전의자는 번갈아 타고 놈 시로
엉덩이에 헐렁하니 매달고서
안방도 아니고 흙바닥에 팽개치듯 짓뭉개도,
나한테 울화병을 다 쏟아내느니 하며 받아주는 것도 모르고서
불평한다. 허겄소**
당신도 어디 한번 차보실래요

고 놈의 엉덩이에 뿔 달렸나 야들야들한가 어디한번 만져보라고.

어때요 꽤 쓸 만하요. 마누라 나만 하냐고요?

* 없겠소
** 하겠소

오늘을 소중히

메뚜기 파르르 날아오른 찰나에
포르릉 참새가 입에 물어 날아간다.
정중동
고요 속에서
죽고 삶이 순간이다.

어쩌다 물속에 피라미가 물총새 눈에 띄어
깜짝할 새 잠수하여 물고 나니
눈 한번
깜박이는 것은
짧은 시간이 아니다.

태어나고 죽음은 선택할 수 없는 일
사는 동안 의지는 온전히 내 몫이라
살아 적
욕되게 살지 않고
보람되게 살리라.

초파리

- 寬容(관용)

초파리
한 마리가 눈앞에서 아른댄다.
무심으로
돌아앉아 조용히 눈을 감으니
고놈이
코끝을 간질여, 이럴 땐 어찌해야.

지금의
내 심정을 초파리는 간파했을까?
손등에
내려앉아 간질이며 놀고 있다.
이럴 땐
큰 분은 어찌했을까, 생각 중에 날아간다.

눈꼬리
사납게 약을 팍팍 올려도
초파리라
생각하고 꾹꾹 참아 넘기면
세상사
시시비비에 휘말릴 일 없으려니.

사마귀와 불개미

- 허세

길 건너던 사마귀 불개미와 마주쳤다.

사마귀님이
은혜를 베푸노니 어서가렴.

어럽쇼!
웃기는 소리 굴러온 횡재로다.

한 마리가 사마귀 뒷다리를 물었겠다.

허허 참
가소롭다 가소로워 방심할 때

사마귀
다리마다엔 불개미들 물고 당긴다.

자존심 버리고 성큼성큼 기어가던가.

날아서
그 자리를 피하면 되는 것을

부리는 허세 때문에 목숨이 경각이다.

물결이 다가오면

물결이
다가오면
찬찬히 보아보라.

물결은
밀려오는
한 페이지의 글이 되어

새로운
지혜와 긍정의 용기를

되풀이
펼쳐 보이노니.

늙어보니 더 고마운 세탁기

가난했던 젊은 시절
두 손 두고 무슨 세탁기냐며
손빨래를 고집하던 마누라.
내 딴엔 마누라 생각한다며
우겨 놓은 세탁기.

농사일에 땀 흘려 찌들은 세탁물들
하루가 멀다않고 군말 없이 빨아주었다.
그때엔 마누라도 세탁기도
크게 고마운 줄 몰랐다.

늙어서 손 놓고 노는 주제에 눈치 없이
어눌해진 늙은이 몸뚱이에 냄새난다며
마누라 닦달하여 벗어놓은
부끄러움을 빨아준다.

훗날에도 손주들이 가까이 오도록
정갈스럽게 살아 보려 옷매무새 내 몸뚱이
세탁기 도는 마음으로
돌보려 애쓰련다.

안경과 팔찌

나이 들어 검은 얼굴
천둥이 같다며

얼굴도 덜 까맣고 의관도 갖추자고

긴 옷에
얼굴을 싸매고 모자를 썼다.

과수원 하는 일이
하늘을 바라보고

두 손을 높이 들고 하는 일이 많은지라

해님은
기어이 징표를 남기고야 말더라.

나에게
어울리는 검 해진 자연산

안경하고 두 팔목에 팔찌를 끼워주더라.

덕분에
알알이 잘 익은 풍년도 함께 왔더라.

인간과 자연의 상생, 아름다운 기다림

- 권희표의 시세계 -

최 정 웅 (시인)

  권희표 시조시인의 시조집 『아름다운 기다림』에 수록된 작품을 꼼꼼히 읽고 가장 먼저 느낀 것은 그의 시조가 일상생활의 중심으로부터 생성되었다는 것이다.

  그의 시조집 『아름다운 기다림』을 읽노라면 그의 일상생활이 보이고, 그의 선한 인성과 따뜻한 인간미가 보인다.

  문학 정신의 승화는 어디까지나 체험에 바탕을 두고 있다는 것을 우리는 상식으로 알고 있다. 그 말은 뷔퐁의 '글은 곧 사람이다' 라는 말과 딱 맞다. 그래서 시인은 그가 살아가고 있는 생활 현장의 시간성과 공간성, 구태여 초월할 뜻을 가지려고 하지 않는다.

  권희표 시인은 어디에서 시를 얻어내는가. 시인의 숙명적인 진실인 시는 어떤 자리에서 뽑아내며 제조하며 포장하는가. 그것은 하늘나라 먼 곳에 있는 것이 아니라 어디까지나 시인의 체험에 바탕을 두고 있는 것이다. 즉 "시(글)는 그 사람이다"라는 말과 같다.

시란, 시인 자신의 체험은 물론 그가 살아가면서 만난 가까운 사람들의 아픈 상처를 이해하고 아픈 사람의 입장이 되어 잠 못 이루는 밤을 밝히는, 고통 속에서 피워낸 한 송이 향기로운 꽃이며 그 열매라고 하겠다.

권희표 시인은 문예사조 시, 동시부문 신인상을 수상하여 문단에 등단하였다. 대한민국장애인문학상(동화 부문), 순리문학상, 광주 전남아동문학인상을 수상하였고, 시집 『농부의 사랑』, 동시집 『해님을 안았어요』 『숲길을 걸어요』 『달걀에 그리는 초상화』를 발간한 바 있는 중견 아동문학가이며 시인이다.

권희표의 시조집 『아름다운 기다림』은 제1부 상생, 제2부 굴렁쇠 함께 굴리자요, 제3부 허허허 물이 웃어, 제4부 매화, 제5부 닭서리로 구성되어 있는데 모두 72편의 작품이 실려 있다.

권희표 시인의 작품 몇 편을 다시 한 번 살펴본다.

도린 곁 뒷마당이 장애자 나만 같아
일구어 가꾸고 돌보기를 힘쓰니
눈 덮인
이른 봄부터
나를 보러 오더라.

복수초 보춘화 피나물 제비꽃

아내와 나란히 꽃 앞에 앉아보다

고난을

위안으로 살아온

아내 손을 살며시 잡는다.

　- 「상생」 전문

　「상생」은 시조집 『아름다운 기다림』에 수록된 작품 전편에
흐르는 시정신이라고 할 수 있다. 우리는 살아가면서 자연을 만
나고 사람을 만난다. 산다는 것은 만남의 연속이다. 만남처럼
아름다운 것은 없다.

　첫 수에서 시인은 좁은 뒷마당에 꽃을 심고 가꾸고, 그리하여
눈 덮인 이른 봄에 봄꽃들이 시인을 만나러 오는 전경을 그렸다.
둘째 수에서 봄꽃 앞에 아내와 나란히 앉아 꽃을 보며 고난을 위
안으로 살아온 아내의 손을 '살며시' 잡는 행복한 모습을 본다. 참
으로 행복해 보인다. 이것은 권희표 시인이 평생을 동고동락(同苦
同樂)하며 함께 살아 온 아내에 대한 지극한 사랑의 표시이다.

　결론은 간단하다. 분명한 것은 권 시인이 아내를 지극히 사랑
한다는 것이다. 시인이 아내를 사랑한다면 가족을 사랑하고,
이웃을 사랑하고, 자연을 사랑하고, 삶을 사랑하게 된다.

　서로가 서로의 세계를 받아들이고 또 그렇게 서로의 곁을 지

커 준다면 세상은 참으로 아름다운 상생의 세상이 되리라.

매화꽃은
설한풍을 보듬은 후 피어나고
열매는
잎들이 낮과 밤을 보듬어야
크는 건 자연의 조화요
순리요 기다림이다.

두더지
작은 지렁이 커질 때를 기다리고
해오라기
풀벌레 물속에 떨어뜨려
물고기
몰려들기를 뚫어지게 주시한다.

농심(農心)은
뿌린 씨앗 싹트고 맺은 열매
지성으로
돌보며 수확하는 그날까지
천의(天意)를
찬양하는 마음

아름다운 기다림이다.

－「아름다운 기다림」 전문

「아름다운 기다림」은 이 시조집의 이름이기도 하다. 아름다운 기다림의 첫 수 초장은 '매화꽃은 / 설한풍을 보듬은 후 피어나고'로 문을 연다. 둘째 수 초장의 경우는 '두더지 / 작은 지렁이 커질 때를 기다리고'로 시작되고, 셋째 수는 '농심(農心)은 / 뿌린 씨앗 싹트고 맺은 열매 / 지성으로 / 돌보며 수확하는 그날까지 / 천의(天意)를 / 찬양하는 마음 / 아름다운 기다림이다.'고 한다.

첫 수에서는 매화꽃이 열매를 맺는 기다림의 시간을 이야기하고, 둘째 수에서는 두더쥐가 지렁이가 커질 때를 기다리는 기다림의 시간을, 셋째 수는 봄에 씨를 뿌리고 돌보기를 하여 가을에 수확하는 농부의 마음을 그리고 있는데, 그 기다림은 하늘의 뜻을 따르는 진정 아름다운 기다림이라고 할 만하다.

그렇다 우리의 인생도 농부의 마음처럼 성급한 욕심을 부리지 아니하고 기다리며 묵묵하게 사는 것이다.

임이라 임이라 사랑하는 임이라서
날마다 설레는 가슴에 홍당무 얼굴
풋사랑 가슴앓이로
한 땀 한 땀 오른다.

오르며 임의 몸에 장난질도 쳐보고
봄이면 풋향기 여름이면 갈맷빛
가을엔 붉게 물들어
정념을 불태운다.

세한에 고조 곤히 내리는 함박눈 속에
자오록이 드러내 보이어 안긴 자태
오늘도 임 품에 안기어
행복에 젖어든다.
  - 「담쟁이·1」 전문

이 작품은 생명이 있는 담쟁이와 생명이 없는 바위를 의인화
하여 그들의 애틋한 사랑을 노래하였다. 시인의 자연을 사랑하
는 마음이 녹아있다. 셋째 수에서 '세한에 고조 곤히 내리는 함
박눈 속에 / 자오록이 드러내 보이어 안긴 자태 / 오늘도 임 품
에 안기어 / 행복에 젖어든다.'고 했다. 참으로 아름다운 서정적
인 작품이다. 인간과 인간의 만남보다 더 아름다운 사랑을 느
끼게 하는 작품이다.

장애자의 비애로 찾아 온 강가에
강기슭 강물 속에 발을 담근 갈대가
일었다

스러져가는
물결을 보라한다.

말없이 뒤따라온 자식들의 환영이
물결위에 촉촉이 젖은 눈빛으로
바라본
눈망울 속에
희망을 보고 만다.

무수한 사연들을 품고서 흘러가는
강물의 속마음은 바다로 가는 것
아빠야
당신은 아버지야
갈대가 속삭인다.
    - 「강가에 서성일 때」 전문

「강가에 서성일 때」에서 시인은 슬픈 마음으로 강을 찾아간
다. 그리고 강기슭에서 발을 담근다. 강가에서 자란 갈대가 시
인에게 물결을 보라고 한다. 시인은 뒤따라 온 자식들의 환영이
보이고 아이들의 눈망울 속에 희망을 본다.
  갈대가 시인에게 속삭인다. '당신은 아버지'라고 위로하며 슬
픈 시인에게 희망을 안겨준다. 강가에 흔들리는 갈대의 모습에

서 다시 희망을 얻은 시인의 마음을 생생하게 표현했다.

눈 오던 날 태풍에 기울어진 소나무에
받침목 하나를 살며시 받혀준다.
그 후로 온갖 역경을
이겨내는 소나무

해를 거듭 솔잎 새에 새움을 돋아내고
가지들은 수양버들처럼 휘어져 내린다.
길손들 참 잘 생겼다 하는 말에
저 소나무 무어라 할까?

내 온몸 어디 한군데 성한 곳이 없기에
평심을 유지하고 건강을 돌보고자
오늘도 감사한 마음으로
산길을 오른다.

가끔 동행들이 많이 좋아졌네요?
말없이 웃어주거나 고맙다 했습니다.
한 번도 내 아내 덕입니다.
그래보지 못했습니다.
 - 「기울어 사는 소나무」 전문

시인은 눈이 오던 날 태풍에 기울어진 소나무에 받침목 하나를 받쳐준다. 소나무는 온갖 역경은 이겨내고, 해를 거듭하여 새움을 돋아내고 가지들은 휘어져 내린다. 길손들은 소나무를 보고 참 잘생겼다 하는데 소나무는 무어라 할까 생각한다.

  시인은 온몸이 아프다. 건강을 돌보고자 오늘도 산길을 오른다. 가끔 동행들이 건강이 좋아졌다고 한다. 말없이 고맙다고 하거나 웃어줄 뿐, 다 아내 덕이라는 말은 한 번도 하지 않았다고 했다. 그는 이 시에서 기울어져 사는 소나무에 자신의 삶을 비유하며, 기울어진 소나무가 어느덧 멋진 모습으로 자라는 모습과 이제 건강이 많이 나아진 지금의 모습을 두루 살피며 아내에 대한 고마운 마음을 이야기한다.

       풍성한 나물류에
       따끈한 밥알들이
       섞이어 새롭게 창조되는 큰사랑
       비빔은
       우리민족의 자랑이고 얼이다.

       맞잡은 동서남북
       어우러진 강강술래
       신나게 비벼보자 땀 뻘뻘 웃음 함빡
       우리가

하나 되는 것 희망이고 바람이다.

   - 「비빔밥·1」 전문

  이 시는 '어울림'이라는 부제가 있다. 비빔밥은 어울림의 음식이다. 풍성한 나물류와 따끈한 밥알이 뒤섞여 풍성한 맛을 낸다.
  둘째 수에서 '맞잡은 동서남북 / 어우러진 강강술래 / 신나게 비벼보자 땀 뻘뻘 웃음 함빡 / 우리가 / 하나 되는 것 희망이고 바람이다.'고 했다. 우리는 홀로 살아갈 수 없다. 너와 내가, 우리가 함께 어울려 살 때 더 큰 사랑이 있고 희망이 있다. 시인은 남과 북, 영호남이 서로 맞잡고 하나 되어 한바탕 강강술래 하는 모습에 빗대 비빔밥처럼 화합하기를 염원한다.

무밥에

무생채, 고추장, 참기름 넣어

양손에 수저로

한 양판 비빈 비빔밥

어울려

동치미 국물에 그리움이 묻어나고

어릴 적

안방에 둘러앉은 그리움이

비빔밥에 떠올라

울컥 보고 싶은 얼굴

어머니

따스한 눈길 가슴 속에 맴돈다.

- 「비빔밥·2」 전문

「비빔밥·2」는 어머니라는 부제가 있다. 비빔밥을 앞에 두고 어
릴적 안방에 둘러앉은 가족을 생각한다. 맛있게 비빔밥을 먹는
아이들을 보고 있는 어머니의 따스한 눈길이 가슴에 맴돈다.

"어머니." 하고 부르면 부를수록 가슴이 뭉클해진다. 어머니란
말 속에는 그리움이 있다. 어머니란 말에는 추억이 있고 사랑
이 있고, 따뜻한 눈길이 있다. 어릴적 온 가족이 둘러앉아 비빔
밥을 먹을때 피어난 웃음이 있고, 행복한 시간이 있다. 권 시인
은 한 그릇의 비빔밥 앞에서 보고싶은 어머니의 얼굴과 추억을
떠올린다.

수시로 오르는 숲길 바위위에
고사목 뿌리새 되어 올올히 앉아있다.
언제든 날아오를 듯 푸드덕 날갯짓이다.

새가 되기를 몇 만 번을 빌었을까?
잎이며 둥치를 흙으로 다 돌려주고
뿌리는 새가 되었다, 뿌리새가 되었다.

울지 못하고 날지 못한 무생(無生)의 생이라도

먹장구름 흘레바람에 얼마나 공들였으면,

세상을 빠끔히 볼 수 있게 염원을 이루었을까?

　-「뿌리새·1」1-3 수

그곳에선 바라던 날아나는 새가 되어

고운노래 부르며 튼실하게 날아 보라

오롯한 사랑의 눈길로

온 누리를 노래하라.

　-「뿌리새·2」4 수

　시인은 수시로 오르는 숲길 바위 위에 앉아있는 고사목을 본다. 그리고 고사목의 뿌리가 새의 모습을 하고 있음을 발견한다. 그 뿌리새에게서 날개짓 소리를 듣는다.

　새가 되기를 얼마나 염원했을까? 잎이며 둥지는 흙으로 돌려주고 뿌리는 새가 되었다. 울지도 못하고 날지도 못하는 뿌리가 얼마나 공을 들였으면 세상을 훨훨 나는 새가 되어 세상을 볼수 있게 염원을 이루었을까 하는 생각을 해본다.

　그냥 단순한 고사목의 뿌리를 바라보면서 새의 열망을 바라보는 시인의 상상력이 놀랍다.

　시인은 염원한다. 고사목 뿌리가 이승을 떠나 저승에선 그토

록 바라던 새가 되어 고운 노래 부르며 날아보라고… 오롯한 사랑의 눈길로 온누리를 노래하라고 한다. 시인의 놀라운 상상력과 아름다운 마음이 감동적인 신화를 탄생시켰다.

산안개 솔잎사이 빛내림 섬광으로
내리쏟는 보라색 은회색 그림자 햇살
살아서 솔숲 사이를 회오리쳐 달려간다.

그 기회 놓칠세라 내리 쏟는 햇살에
산안개 깜짝할 새 휘감아 구름 되는
그 짧은 순간 포착으로 승천을 꿈꾼다.

내리쏘며 산안개를 회오리쳐 끌어올린
경이로운 햇살에, 산안개에 감응하여
나도 오, 하늘로 오르는 환상에 젖는다.
  - 「산안개」 전문

일찍이 그리스 시인 사모나데스는 "그림은 말없는 시(詩), 시(詩)는 말하는 그림이다."고 했다. 사모나데스가 일찍이 권희표의 시조 「산안개」를 예견하고 한 말이 아닌가 싶다.

첫 수 '산안개 솔잎사이 빛내림 섬광으로 / 내리쏟는 보라색 은회색 그림자 햇살 / 살아서 솔숲 사이를 회오리쳐 달려간다'를 보자.

시어가 살아서 움직이듯 꿈틀거린다. 이 작품을 읽고 있으면 마치 대형 스크린을 꽉채우고 있는 총 천연색 영상을 보는 듯하다.

시인의 눈이 순간적으로 포착한 빛내림 현상을 성능이 뛰어난 카메라가 찍은 사진처럼 생생하게 보여주고 있다. 언어를 다루는 솜씨가 섬세하고 세련된 표현이 돋보인다.

> 석곡둔치 대황강 한가운데 가로 놓인
> 두 섬 사이 주위로 동그라미 그려대어
> 하회탈 이매처럼 웃는
> 물결이 보이네.
>
> 물결로 웃어 대네, 늘 새로이 웃어 내네.
> 세상사 다 가진 양 배통아리 드러내어
> 핫하하 뒤집어대며
> 한량없이 웃어 내네.
>
> 해와 달, 별 이랑 구름을 끌어안고
> 산천초목 하늘까지 모두모두 끌어안고
> 물결로 춤추고 노래하고
> 웃고 사는 줄 알았네.
> - 「허허허 물이 웃어」 전문

일단 이 시조는 제목부터 재미있다. 시인은 석곡둔치 대황강에서 웃고 있는 강물을 바라본다. 강물은 세상사를 다 가진양 웃으며 춤추고 노래한다. 해와 달, 별이랑 구름을 끌어안고 산천초목, 하늘까지 모두 끌어안고 웃고 있다. 여유로이 대황강의 흐르는 물을 바라보고 있는 시인의 마음을 자연스럽게 표현하였다.

바다는
바위보고

억천만겹

쏴아 철썩

사랑해
사랑해
사랑한다. 사랑한다고.

바위는
몽돌이 되고서야

차르르
사랑해.
- 「사랑」 전문

「사랑」은 단수로 된 작품이다. 바다가 바닷가에 있는 바위를 보고 사랑한다고 한다. 바다의 사랑하는 마음을 몰랐던 바위가 작은 몽돌이 되고 나서야 그 깊은 마음을 알고 바다를 사랑한다고 한다. 바다와 바위의 사랑은 신화같은 이야기이다. 시인은 우리가 무심코 바라보고 지나치는 단순한 풍경을 무한한 상상력과 따뜻한 가슴으로 한편의 신화를 창조하였다.

　　겨울 내내 추위하고 살아온 꽃봉오리
　　벙긋이 속내를 내보이며 꽃을 피우니
　　심술이 잔뜩 난 꽃샘바람 앙칼지게 시샘한다.

　　조석으로 영하에다 꽃샘추위 속에서도
　　백매화 홍매화로 눈 속도 마다않아
　　예부터 사군자 중에서도 으뜸이라 하였더라.

　　봄을 맞아 피어나서 사람들께 일러라
　　추워보니 따뜻함이 소중한줄 알겠고
　　매화 향 분분히 날리어 새봄을 알리더라고.
　　- 「매화·1」 전문

「매화」는 연작시로 각각 부제를 가지고 있다. 먼저 「매화·1」은 '고하다'라는 부제가 붙어있다. 매화는 봄을 알리는 전령사

같은 꽃이다. 이는 매화의 특성과 부제가 잘 어울린다.

「매화·2」는 매화의 향기를 노래했다. 셋째 수에서 '봄 햇살 가득한 창가에 핀 매화꽃 / 살짝 열린 창문 틈새로 풍겨오는 매화 향기 / 갓난애 엄마 젖 냄새로 가슴 뭉클 안겨오더라.'라고 했다. 매화의 향기를 갓난애 엄마 젖냄새라고 표현한 부분이 돋보인다. 이 작품에서 가장 가슴에 와닿는 표현이다.

「매화·3」은 교감을 이야기 하고 있다. 셋째 수에서 '옛말을 주고받은 황혼의 노부부. / 사랑을 고백하고 입술을 포개는……. / 내라서 다 알까 만은 꽃그늘 아래 선남선녀야.'라고 했다. 매화꽃 아래에서 매화를 보며 서로에게 진심의 마을과 말을 나누는 황혼의 노부부. 그 어떤 선남선녀가 부러울 수 있을까 싶다. 그 모습 그대로 선남선녀의 모습이라 할 것이다.

「매화·4」는 '꽃이 진다'는 부제를 가지고 있다. 셋째 수에서 '낙화하는 꽃잎이라 섧다 하지 말거라 / 꽃잎아 네가 져야 새 생명이 커나는 것 / 내 열매 보지 못함은 자연의 섭리란다.'라고 했다. 봄을 알리며 우리에게 다가온 매화가 향긋한 향기로 지나는 사람들, 연인들의 마음을 즐겁게 해주고 이제 열매를 맺기 위해 꽃잎을 떨구는 모습을 묘사한 것이다. 매화가 졌다고 하여 봄은 끝나지 않았다. 자연의 섭리에 따라 매화는 이제부터가 중요하다. 시인도 말했듯이 초여름 향긋하고 몸에도 좋은 매실 열매를 가득 달고 우리를 즐겁게 해주기 위해서 매화는 이제부터 더 바쁘게 봄을 맞이할 것이다. 시인은 총 4부작의 연작시조인 매화를 통해 매화의 피어남부터 지는 과정을 묘사하였다. 권 시인의 섬세한 감성이 돋보인다.

야! 멋지게 우리답게 종을 치는 거야
한동네 께복쟁이 얄개들 성인식에
자기네 닭서리하자고
의기투합 담합한다.

남의 집 민폐는 어제까지 끝이고
오늘은 부모님 맘 아프게 마지막 밤
그것을 초저녁에 해내자 한다.
부모형제 도란댈 적에

효자는 못되어도 불효자는 말아야지
지켜내자 박수치고 손잡고 맹세한다.
얼떨결 약속들은 하였지만
의지만은 충천했다.

  - 「닭서리·1」 전문

「닭서리」도 앞의 매화처럼 연작시로 「닭서리·1」은 '약속'이라 는 부제가 붙어 있다. 옛 고향에는 닭서리를 하여도 눈감아주 던 때가 있었다. 별나라에나 가야 있을 법한 이야기이다. '깨복 쟁이'라는 전라도 방언이 나와 향토성을 더한다. 시에서 방언을 사용하면 정감이 있고 읽히는 맛이 있다. 권시인은 이러한 방언 의 사용을 적극 채용하고 있다. 방언의 과도한 사용으로 인해 읽는 사람의 이해를 방해하는 것이 아니라면 시속에 방언을 자 연스럽게 녹여 독자들에게 정감을 일으킬수 있기에 시조시인들 이 적극적으로 사용했으면 하는 개인적인 마음을 전한다.

「닭서리·2」는 '손발이 맞아야' 라는 부제가 있는데 넷째 수를 보면,
"누구요" "나요" "누구요" "나단 말이요." / 길가 외딴집 방문이 열릴 찰라 / 방문을 서리 닭으로 / 꽝! "아이코머니!" 하는 부분 이 있다. 닭서리를 하다가 그만 들켜서 도망가는 모습을 우스 꽝스럽게 묘사하였다. 인기척에 밖으로 나오려는 이웃 어른 못 나오게 막는 모습이 생생하게 보인다.

「닭서리·3」은 '다 아는 짓이요' 라는 부제가 있다. 넷째 수에, '식식대며 쫓아가는 아들친구 형 양일이 / 아들들 집닭들이 수 난을 당하는구나. / 어머닌 마음이 놓이면서도 / 시름 잠을 청 한다.' 고 나온다. 닭서리를 저지른 아들과 그 친구들을 어머니

는 다 알고 있으면서 그로 인해 아들과 그 친구들의 집 닭들이
수난을 겪고 있음을 보여주고 있다.

「닭서리·4」는 '자신감'이라는 부제가 있다. 셋째 수에서,
'쫓기는 와중에도 서리 닭을 꽉 붙들고 / 다부지게 따돌리며
원 없이 달려본다. / 닭서리 맹탕인 광선이 / 옹골지게 해낸다.'
고 했다. 들켜서 형에게 쫓기고 있으면서도 기왕지사 서리한 닭
을 끝까지 붙들고 있는 모습이다.

「닭서리·5」는 '오리발'이란 부제가 있다. 부제에서 알 수 있듯
이 닭서리의 끝이 보이고 있는 부분이다.
'정말로, 나오라고 푹 꺼진 배를 쓸어내리며 / 뱃속에 수탉을 자
꾸만 불러댄다. / 얼마를 / 그렇게 찾아다니다, 어쩌지요? 어머니!'
이미 뱃속으로 사라진 닭을 찾는 척 하는 시인의 모습이 재미있
다. 이 오리발이란 말은 어머니와 아들 모두에게 맞는 말이 아닌
가 싶다. 아들이야 당연히 닭서리를 숨기기 위해 오리발을 내미
는 것이요, 어머니는 이미 아들과 동네 아들 친구들이 닭서리를
하였음을 알고도 모르는 척 오리발을 내미는 모습이니 말이다.
「닭서리」 연작에서는 서리를 하는 것이 단순히 동네 아이들
이 작당한 도둑질의 의미라기보다는 이미 어른들은 다 알고 있
고, 그냥 눈감아주고 있음을 보여준다. 그것이 이웃간에 정을
나누는 모습의 하나라고 시인은 생각하고 있다. 법적인 테두리

안에서의 신뢰와 신의가 중시되는 지금의 인간미 없는 관계와
는 다른 인간적이고 오히려 더 신의있는 모습처럼 보이는 것은
무슨 아이러니인가.

길 건너던 사마귀 불개미와 마주쳤다.

사마귀님이
은혜를 베푸노니 어서가렴.

어럽쇼!
웃기는 소리 굴러온 횡재로다.

한 마리가 사마귀 뒷다리를 물었겠다.

허허 참
가소롭다 가소로워 방심할 때

사마귀
다리마다엔 불개미들 물고 당긴다.

자존심 버리고 성큼성큼 기어가던가.

날아서
그 자리를 피하면 되는 것을

부리는 허세 때문에 목숨이 경각이다.

－「사마귀와 불개미」 전문

「사마귀와 불개미」는 '허세'라는 부제가 있다. 하나의 세태풍자적인 작품으로 사마귀와 불개미를 의인화하여 인간의 허세를 비유하고 있다. 재미있게 읽히는 작품으로 흥미를 당긴다.

첫 수에서 '길 건너던 사마귀 불개미와 마주쳤다.'로 초장을 연다. 중장은 사마귀의 허세를 보여주고, 종장에서는 이런 사마귀의 허세에 대항하는 불개미의 밀리지 않는 의지를 보여주고 있다. 둘째 수에서 불개미들이 합심하여 사마귀의 다리를 물고 당기는 상황을 표현하였고, 셋째 수에서 사마귀가 자존심 때문에 그 자리를 피하지 않고 끝까지 버티며 허세를 부리다가 결국 목숨이 경각에 달리는 위기를 맞이하는 현장을 생생하게 보여주고 있다.

전체 구성은 사마귀와 불개미의 대화 형식으로 구성하여, 현장감을 살리고 독자로 하여금 자신을 되돌아 보게끔 한다.

물결이
다가오면
찬찬히 보아보라.

물결은

밀려오는
한 페이지의 글이 되어

새로운
지혜와 긍정의 용기를

되풀이
펼쳐 보이노니.
　- 「물결이 다가오면」 전문

　다가오는 물결을 찬찬히 보면 밀려오는 물결은 한 페이지의 글이 된다. 새로운 지혜와 긍정의 용기를 되풀이 하여 펼쳐보인다. 시인의 밝은 투시력은 다가오는 물결도 글이 되도록 만든다. 그는 선천적인 시인이다. 물결에서 시를 보고 물결에 말없이 밀려온 영감을 얻어 한편의 시를 창작했다.

　지금까지 권희표 시조집에서 시조 몇 수를 골라 이야기해 보았다. 권 시인의 작품들은 하나같이 큰 울림이 있다. 그 이유는 권희표 시인은 작품을 손가락으로 쓰는 것이 아니라 온 몸으로 체험한 것을 가슴으로 쏟아내기 때문이다.

　해설에 고른 시조의 기준은 순전히 필자의 시각에 맞추었다. 독자들은 이 기준에 대해 다른 의견을 가질 수 있다. 그 부분은 어디까지나 이 시조집을 읽는 독자의 손에 달려있음은 자명하다. 독자들이 자신만의 기준에 맞는 좋은 시조를 이 시조집에서 찾아서 자주 읽고 암송하기를 바란다.

권희표 시인은 선천적으로 시인이다. 그의 따뜻한 감성과 시적재능과 섬광처럼 빛나는영감이 하나로 어우러져 시를 창조해낸다. 그의 눈에 보이는 모든 것은 시가 되고, 그가 생각하는 모든 것이 시가 된다. 그의 가슴을 울리는 시는 모두가 한 편의 신화(神話)가 된다. 이 삭막한 세상에 따뜻한 그의 시는 온 누리에 가득히 환한 꽃으로 피어나고, 다시 독자의 손을 잡고 신화의 나라로 안내하리라 믿는다.

앞으로도 겨울을 이겨내는 매화처럼 아름다운 꽃과 향기와 튼실한 열매를 우리에게 보여주기를 바란다.

권희표 시인의 시조집 『아름다운 기다림』 발간에 아낌없는 박수를 보낸다. 권희표 시인의 건승과 건필을 기원한다.